Salz im Espresso

Bibliografische Information der Deutschen Nationalbibliothek .
Die Deutsche Nationalbibliothek verzeichnet diese Publikation in
der Deutschen Nationalbibliografie; detaillierte bibliografische
Daten sind im Internet über http://dnb.d-nb.de abrufbar.

Impressum
2019

© **Autor: Syna Ester**
© **Cover: Syna Ester**
© **Fotos: Syna Ester**

Herstellung und Verlag:
BoD - Books on Demand, Norderstedt

ISBN: 9-783749-450046

Salz im Espresso

von

Syna Ester

Halt,

was machst du denn? Du hast das Salz genommen, willst du dir den Espresso wieder versalzen?

Verwirrt sah Carolina ihre Tochter an.

„Was ist los?" fragte sie.

Sie sah in das lachende Gesicht ihrer Tochter und bemerkte nun auch, dass sie versehentlich, statt des Zuckers, das Salz von dem Regal genommen hatte.

Zum Glück hatte ihre Tochter es rechtzeitig bemerkt, sonst hätte sie wieder Salz in den Espresso getan; das war ihr schon einmal passiert, als sie mit ihren Gedanken weit weg war.

Den Geschmack im Mund würde sie nie mehr vergessen. Selbst nachdem sie ihren Mund mit Wasser ausgespült hatte, schmeckte sie immer noch das Salz. Es schüttelte sie regelrecht bei dem Gedanken daran. Tina hatte sich zu ihr gesetzt und gemeinsam tranken sie den schwarzen, süßen Espresso.

„Nun muss ich aber los," sagte Tina; nahm ihre Jacke und verschwand aus der Tür.

Carolina blieb allein am Tisch und sah aus dem Fenster. In letzter Zeit waren ihre Gedanken oft in die Vergangenheit abgeschweift und Wehmut nach der Heimat überfiel sie. Die ganzen Jahre in der Fremde, die ihr nie zur Heimat wurde, hatte sie diese Gedanken verdrängen können. Die Kinder, ihr Mann und der Haushalt hatten sie immer auf Trab gehalten, sodass keine Zeit blieb, den Gedanken nach zu hängen. Aber jetzt waren ihre Kinder groß und gingen allein ihrer Wege. Die beiden lebten zwar noch im Haus, aber sie mussten nicht mehr an die Hand genommen werden. Ihr Mann musste noch arbeiten und so blieb ihr viel Zeit zum grübeln, wenn auch die Kinder außer Haus waren. Das war nicht gut, denn die Gedanken legten sich auf ihr Gemüt. Sie bemerkte es sehr wohl, dass sie immer öfter traurig war. So konnte es nicht weiter gehen.

Vielleicht wäre es sinnvoll eine Arbeit anzunehmen, denn bis ihr Mann in Rente gehen konnte, dauerte es noch ein paar Jahre. Da wäre sie unter Menschen und würde nicht nur den ganzen Tag auf die Heimkehr ihrer Lieben warten.

Morgen werde ich in der Pizzeria fragen, dachte Carolina bei sich und machte sich daran, den Frühstückstisch abzuräumen. Anschließend räumte sie das Haus auf, machte die Betten und überlegte, was sie heute kochen sollte.

Als alles im Haus soweit erledigt war, machte sie sich auf den Weg zum Markt. Unterwegs traf sie Francesca, eine Freundin aus ihrem Dorf, die auch mit ihrem Mann hierher gezogen war. Die beiden Frauen freuten sich als sie sich sahen. Auch Francesca plagte hin und wieder das Heimweh und so konnten sie sich gegenseitig ihr Herz ausschütten. Sie kannten sich seit Kindertagen und waren schon damals gute Freundinnen und auch ihre drei Kinder waren mittlerweile groß geworden und brauchten die Mutter nicht mehr so, wie vorher. Sie waren selbständig und gingen ihrer Arbeit nach. Steckten aber alle drei ihre Füße noch unter den Tisch des Elternhauses. Sie kannten es nicht anders; Kinder blieben bis zur Eheschließung im Elternhaus wohnen und zum Glück hatte das Leben in der Fremde darauf keinerlei Einfluss nehmen können. Sie lebten auch hier, soweit es möglich war, nach ihren Traditionen. Es war ein Stück Heimat für sie; etwas, das durch nichts zu ersetzen war.

Carolina und Francesca setzten ihren Einkauf fort und verabschiedeten sich danach voneinander. Sie hatten sich für den nächsten Sonntag verabredet, den sie bei Carolina und ihrer Familie verbringen wollten.

Carolina freute sich, dass sie ihre Freundin auf dem Markt getroffen hatte und ging gut gelaunt nach Hause. Ihr Mann und ihre Kinder würden sich über den Besuch auch freuen, denn sie mochten einander sehr.

Zu Hause angekommen, packte sie ihre Einkäufe auf den Küchentisch und machte sich sofort daran, das Essen für den Abend vorzubereiten. Sie aßen abends immer gemeinsam eine warme Mahlzeit. Es war die einzige Zeit des Tages, in der alle zu Hause waren und sich miteinander unterhalten konnten.

Es konnte schon vorkommen, dass sie drei Stunden am Tisch saßen und ihre Gespräche nicht abrissen. Dann musste Carolina daran erinnern, dass es Zeit wird, schlafen zu gehen, wenn der nächste Tag ein Arbeitstag war. Sie kannte ihre Familie und wusste, wenn es zu spät wird, dass sie morgens nicht aufstehen mochten. Dann konnte es schon einmal vorkommen, dass am frühen Morgen das Temperament mit ihnen durchging und es etwas lauter im Haus wurde. Carolina musste innerlich lachen bei dem Gedanken daran. Ja, Temperament hatten sie alle, das steckte ihnen im Blut.

Sie saß am Küchentisch und schälte die frischen Tomaten aus der sie die Sauce für die Pasta kochen wollte. Gekaufte Sauce kam für sie nicht infrage, alles musste frisch zubereitet werden; ja, selbst die Pasta machte sie noch selber. Sie hatte ja auch Zeit genug, das sie nicht berufstätig war und sich nur um die Familie kümmern musste. Brot buk sie nicht mehr. Vor vier Jahren hatte ein italienischer Bäcker seinen Laden im Ort aufgemacht und das Brot war besser als ihres, da es in einem großen Ofen gebacken wurde und nicht, wie sie es bisher tat, in einem Elektroherd. Sie war froh darüber; denn oft taten ihr nach dem kneten des Teiges die Hände und Arme weh. Ihr Mann hatte ihr zwar eine Küchenmaschine gekauft, aber sie konnte sich damit gar nicht anfreunden und machte alles mit den

Händen; so, wie ihre Mutter es noch heute macht. Ihre Eltern lebten beide noch und versorgten sich selbst. Trotzt ihres hohen Alters waren sie fit und schafften den Alltag noch spielend. Sie bewunderte das, denn bei ihr hatten bereits die ersten kleinen Zipperlein eingesetzt und manches fiel ihr nicht mehr so leicht. Vielleicht lag es an dem Klima hier im Norden? Gesund war es jedenfalls nicht; zu viel Regen und wenig Sonnenschein. Carolina fror auf einmal und sehnte sich nach der Heimat; der Sonne und der Wärme.

Ja, die Eltern, sie liebte und vermisste sie sehr.

Ihnen verdankte sie alles. Was wäre aus ihr geworden ohne sie? Wie wäre ihr Leben verlaufen? Wo wäre sie heute? Ihre Gedanken schweiften weit in die

Vergangenheit zurück. Carolina dachte an jenen Tag, als ihre Eltern ihr die Wahrheit sagten und ihr war, als hörte sie die Stimme ihrer Mutter, die sagte: „Carolina, komm und setze dich zu uns, du bist jetzt alt genug um die Wahrheit über dich zu erfahren."

Carolina setzte sich zu ihren Eltern und sah beide erstaunt an. Welche Wahrheit dachte sie bei sich; was meinte ihre Mutter?

Ihre Mutter nahm sie liebevoll in den Arm, während ihr Vater zu sprechen begann.

Verdeckt hinter Büschen schlichen wir, im fahlen Licht des Mondes weiter, als wir sie bereits schon hörten. Zu sehen waren sie noch nicht, doch gleich würden sie über die Landstraße rollen. Wir verharrten still hinter einem der Büsche und blickten in die Richtung aus der sie jeden Tag, nach Anbruch der Dunkelheit, kamen. Es war eine Ausgangssperre verhängt worden und niemand durfte sein Haus verlassen. Doch wir mussten zu unserem Feld, wir hatten kein Essen mehr im Haus. So waren wir im Schutz der Dunkelheit dort hin geschlichen und hatten ein paar Kartoffeln und Bohnen eingesammelt. Wir hatten gedacht, dass wir wieder zurück sind bevor sie kommen; aber es war zu spät und uns blieb nichts anderes übrig, als hier zu warten, bis die ganze Kolonne vorbei gefahren war.

Es dauerte nicht lange und das erste Fahrzeug war zu sehen; gefolgt von Panzern, die alle in Richtung Norden fuhren. Seit zwei Wochen ging das schon so und es schien, als würde es kein Ende nehmen. Der verdammte

Krieg. Seit Jahren tobte er bereits und hatte Tod, Elend, Verzweiflung und Hunger verbreitet. Zum Glück blieb unser Dorf zwar bisher verschont, denn außer den Militärfahrzeugen, die jetzt jede Nacht über die Landstraße fuhren, hatten wir von dem Krieg noch nicht viel mitbekommen. Aber wir hörten die Schreckensmeldungen im Radio.

Als der Konvoi vorbei gefahren war, blieben wir noch eine Weile in unserer Deckung sitzen, bevor wir uns auf den Rest des Weges zu unserem Haus machten.

Fast finster war es, denn eine Wolke hatte sich vor die Sichel des Mondes geschoben und so sahen wir auch nicht, dass etwas am Wegesrand war, über das ich fast gestolpert wäre. Ich konnte gerade noch im letzten Moment einen Sturz abfangen und blickte nach unten.

Was war das? Was hockte dort am Wegesrand? In diesem Moment gab die Wolke die Mondsichel frei und wir konnten erkennen, dass da ein kleines Kind ganz in sich zusammengekauert saß und eine Puppe fest im Arm hielt. Leise sprachen wir das Kind an, aber es gab keine Antwort und sah uns nur mit erschreckten Augen an. Wir riefen leise in Richtung der Büsche, denn irgendwer musste doch in der Nähe sein. Aber auch da erhielten wir keine Antwort. Was sollten wir tun? Wir warteten noch ein wenig und dann beschlossen wir das Kind mitzunehmen. Ich hob es auf meine Arme und wir schlichen vorsichtig weiter zu unserem Haus. Niemand hatte uns bemerkt und wir waren froh darüber. Zu Hause angekommen sahen wir, dass es ein kleines Mädchen von ungefähr drei oder vier Jahren war. Die Kleine war in schmutzige Lumpen gehüllt und sah uns mit ihren großen, dunklen Augen an. Ihre Puppe hielt sie weiter fest umklammert. Wir redeten mit ihr, aber sie gab keine Antwort. Tausend Fragen schossen uns gleichzeitig durch den Kopf; Fragen, auf die es keine Antwort gab. Deine Mutter hatte inzwischen warmes Wasser gemacht, denn wir wollten das Kind baden und ihm saubere Sachen anziehen. Es ließ sich auch bereitwillig ausziehen, aber die Puppe wollte sie nicht hergeben und so setzten wir das Kind mitsamt der Puppe in die große Zinkwanne. Es schien ihr zu gefallen, denn es kam kein Laut über ihre Lippen. Kleidung für das Kind hatten wir noch im Haus. Es ist schon einige Jahre her, da hatten wir eine kleine Tochter, die uns der Himmel wieder genommen hat. Unsere Tochter durfte nur vier Jahre alt werden. Die Kleidung von damals haben wir nie weggegeben und jetzt wussten wir auch warum. Alles im Leben hat einen Sinn; Gott allein wusste, warum er uns so handeln ließ. Er allein kannte das Schicksal dieses kleinen Mädchens. Es war kein Zufall, dass das Kind gerade von uns gefunden wurde.

Nach dem Bad wickelten wir das Kind, mitsamt der Puppe, in ein Handtuch und rubbelten beide, so gut es ging, trocken. Dann zogen wir der Kleinen von den Sachen an, die einmal unsere Tochter getragen hatte. Hübsch sah sie aus und sie hatte genau so schöne, lange dunkle Locken wie damals unsere Stella. Wir beide hatten Tränen in den Augen beim Anblick des Kindes.

Die Erinnerung an unsere verstorbene Tochter schmerzte noch immer heftig.

Es wurde langsam Zeit etwas zu essen und ich bereite das Abendessen für uns. Deine Mutter konnte nicht helfen, da die Kleine sich an sie klammerte und nicht von ihrem Schoß wollte. Nicht ein einziges Wort hatte sie bisher gesagt, aber es schien, als würde sie alles verstehen. Ich deckte den Tisch und wenig später konnten wir essen. Was für einen Hunger das Kind hatte. Deine Mutter fütterte sie, denn ihre Puppe wollte sie auch jetzt nicht loslassen um selber zu essen. Es war alles kein Problem, denn uns tat die Kleine in der Seele leid. Woher sie wohl kam? Wieso war dort oben an der Straße ganz allein? Wer hatte sie bloß dort hingebracht? Morgen wollten wir zum Pfarrer gehen und ihm alles erzählen.

Langsam fielen der Kleinen die Augen zu und wir legten sie, so wie sie war, in die Mitte unseres Bettes. Hoffentlich kann sie gut schlafen und fängt nicht an zu weinen; davor hatten wir am meisten angst, denn wie sollten wir wissen, was mit ihr los ist, wenn sie nicht sprach.

Konnte sie vielleicht gar nicht sprechen und wurde deshalb ausgesetzt?

Möglich wäre auch das, denn die Menschen waren sehr abergläubisch und wenn irgendetwas anders war, als sie es kannten, dann dachten sie, dass der Teufel dahinter steckte oder die Person hatte eine Sünde begangen und wird dafür bestraft wird.

Doch, welche Sünde soll ein so kleines Kind begehen? Sind nicht gerade die Kinder die unschuldigsten unter der Sonne?

Wir schauten noch einmal auf das schlafende Kind und gingen dann leise in die Küche. Die Tür ließen wir offen, damit wir sofort hören konnten, falls etwas ist.

Doch alles blieb still und nachdem wir unseren Espresso getrunken hatten legten wir uns auch zu Bett.

Die Nacht blieb ruhig und wir schliefen ohne Unterbrechung bis zum Morgen.

In ihren Gedanken vernahm Carolina jetzt die Stimme ihrer Mutter, die sagte:

„Ich werde jetzt weiter erzählen, was sich damals zugetragen hat und sie begann zu reden.

Ich wurde wach, als ich kleine Hände in meinen Haaren spürte und öffnete meine Augen. Die Kleine saß im Bett, mit der Puppe im Arm, und mit der anderen Hand strich sie immer wieder durch meine Haare. Ich lächelte das Kind an, aber ihr Gesicht blieb ernst. Ich ließ sie gewähren. Auch dein Vater war inzwischen aufgewacht und sah uns beide an. Er sagte kein Wort; denn er wollte die Kleine nicht erschrecken, da sie mit dem Rücken zu ihm im Bett saß.

Wenn die Situation nicht so traurig gewesen wäre, hätte man meinen können, eine glückliche kleine Familie erwacht.

Ich hob meine Hand und strich der Kleinen auch über das Haar. Sie ließ es geschehen und ich hatte den Eindruck, dass es ihr sogar gefiel. Guten Morgen sagte ich zu ihr und streichelte ihre Wange. Zaghaft glitt ihre Hand von meinen Haaren hinunter zu meiner Wange und streichelte sie. Ich war so gerührt und musste mit den Tränen kämpfen. Auch deinem Vater ging es nicht anders, denn er hatte ja alles mit angesehen. Plötzlich drehte sich die Kleine um. Es war, als erinnerte sie sich daran, dass gestern noch jemand dagewesen ist. Sie schaute deinem Vater tief in die Augen und streckte ihm ihre Puppe entgegen. Ohne ein Wort zu sagen nahm er die Puppe und hielt sie im Arm. Ein erstes Lächeln erschien auf ihrem Gesicht und sie schmiegte sich in meine Arme. Wir waren so froh, dass bis jetzt alles so gut gegangen war. Ich sagte zu deinem Vater, dass er jetzt der Kleinen auch einen guten Morgen wünschen sollte, damit sie sich wieder an seine Stimme erinnert. Er tat es und die Kleine blieb ruhig in meinen Armen liegen. Sie schaute ihn an und auf einmal streckte sie ihre Hand nach ihm aus. Sofort nahm dein Vater vorsichtig ihre kleine Hand und streichelte sie. Es gefiel ihr, denn sie ließ ihre Hand in seiner Hand. Aber, sie sagte kein einziges Wort.

Jedenfalls war für den Anfang der Bann gebrochen und ich sagte, dass wir nun in die Küche gehen und Kaffee trinken wollten. Ich wollte sie loslassen, aber das klappte nicht; sie klammerte sich an mich und so ging ich mit ihr auf dem Arm in die Küche. Dein Vater kochte den Kaffee und machte die Milch für das Kind warm. Wir hatten noch süßes Brot, das wir ihr dazu geben konnten. Wieder war es eine neue Situation und wir hofften, dass es auch diesmal gut geht. Tatsächlich, es gab keine Probleme. Ich gab ihr die Milch und drückte ihr ein Stückchen von dem süßen Brot in die Hand. Sie nahm es und steckte es sofort in den Mund. Ab und an gab ich ihr von der Milch zu trinken und alles war gut. Ich trank meinen Espresso nebenbei und unterhielt mich mit ihr. Auch dein Vater sprach mit ihr und es schien wieder, als ob sie ihn mochte. Aber zu ihm auf den Schoß wollte sie noch nicht; er musste die Puppe weiter im Arm halten.

Nach dem Frühstück sagte dein Vater, dass er jetzt zum Pfarrer gehen wollte um die ganze Situation mit ihm zu besprechen. Es war für uns klar, dass die Kleine, bis sich ihre Angehörigen fanden, bei uns bleibt. Wo sollte sie auch hin? Ein Kinderheim gab es hier nicht und das hätten wir auch nicht übers Herz gebracht. Wir hatten sie bereits in unser Herz geschlossen. Dein Vater reichte der Kleinen die Puppe und machte sich dann auf den Weg zur Kirche. Mit dem Kind auf dem Arm räumte ich den Tisch ab, als es an der Tür klopfte. Das konnte um diese Zeit nur Lara, die Kleine ihrer Nachbarin aus dem Haus gegenüber, sein. Sie kam jeden Morgen um sich einen Keks oder eine Frucht zu holen. Wir spielten dann eine Weile miteinander und danach ging sie wieder rüber zu ihren Eltern. Tatsächlich, es war Lara.

Lara schaute verwundert auf die Kleine auf meinem Arm.

„Wer ist das?"fragte sie und kam rein.

Ich sagte ihr, dass Carolina bei uns zu Besuch ist und sie doch zusammen spielen könnten.

Carolina?

Auf einmal hatte unser Findelkind einen Namen. Warum es gerade dieser Name war, ich weiß es nicht, es war der erste Name, der mir einfiel. Aber, es ist ein schöner Name, dachte ich bei mir. Wie selbstverständlich setzte ich die Kleine nach unten und siehe da, sie klammerte sich nicht an mich, sondern sah Lara neugierig an. Beide Mädchen waren in etwa gleich groß und so war unsere Vermutung, dass Carolina etwa drei bis vier Jahre als sein musste. Sie war nur wenig kleiner als Lara und diese war gerade vor einer Woche vier Jahre alt geworden. Ich ging ins Zimmer und holte die Kiste mit den Spielsachen, die ich noch von unserer Tochter aufbewahrt hatte und stellte sie in die Küche. Sie nahmen sich beide sofort ein Spielzeug und fingen an zu spielen. Lara sprach unaufhörlich mit Carolina, aber es kam keine Antwort. Lara schien das nicht zu stören, denn sie verstanden sich auch so. Wenn Lara etwas vorschlug, dann machte Carolina das; also, hörte und verstand sie alles was gesagt wurde. Das war schon einmal beruhigend für mich. Vielleicht hatte Carolina auch einen Schock der ihr die Sprache verschlagen hatte? Wer weiß.

Nach einer Stunde klopfte es erneut an der Tür und Laras Mutter stand da und fragte nach ihrer Tochter. So lange war Lara sonst morgens nie hier und sie machte sich Sorgen. Noch in der Tür sagte ich ihr leise was gestern Abend geschehen ist und bat sie dann herein. Sie schaute mich entsetzt an und meinte leise, dass das ja furchtbar ist. Wir gingen in die Küche zu den Mädchen. Beide spielten und Carolina schaute nur einmal auf, um dann gleich weiter zu spielen. Ich trank mit Laras Mutter noch einen Espresso und danach forderte sie ihre Tochter auf, mit ihr nach Hause zu gehen. Aber Lara wollte nicht, sie wollte weiter mit Carolina spielen.

„Lass doch Lara hier, wenn es möglich ist, ich bringe sie später rüber", sagte ich zu Laras Mutter.

Laras Mutter war sofort einverstanden und wollte gerade gehen, als auch schon dein Vater zur Tür herein kam. Sie begrüßten sich kurz und dein Vater ging zu den spielenden Kindern in die Küche.

In der Küche erzählte er mir, was der Pfarrer gesagt hatte. Der Pfarrer fand auch, dass es das das Beste wäre, wenn Carolina vorerst bei uns bleibt. Er würde am Sonntag, nach seiner Predigt, darüber sprechen und die Dorfbewohner bitten, zu helfen, das Schicksal des Kindes zu klären.

Vielleicht kannte jemand das Kind sogar. Wäre doch möglich, denn die meisten von uns hatten Verwandte in den umliegenden Dörfern. Unsere Dörfer waren sehr klein und wir kannten uns alle. Weiterhin versprach der Pfarrer, dass er eine Meldung an die umliegenden Gemeinden schicken wollte. Das Kinder während eines Krieges verloren gingen, war ja eine traurige Realität, aber hier unten bei uns war der Krieg zum Glück noch nicht angekommen und wir hofften alle, dass es so blieb. Doch die Angst davor steckte in jedem von uns. Wie konnte also Carolina an die Landstraße gekommen sein?

Lara und Carolina hatten sich durch unser Gespräch nicht stören lassen. Ja, sie lachten sogar miteinander; doch noch immer kam kein einziges Wort über Carolinas Lippen. Ich erklärte deinem Vater noch kurz, wie es dazu gekommen war, dass ich die Kleine jetzt Carolina nannte. Er verstand und meinte nur, das es ein schöner Name ist und wir sie ab heute so nennen werden. Damit war das Thema für ihn erledigt; viele Worte machte dein Vater nie.

Die Kinder spielten während dein Vater und ich das Essen zubereiteten. Nachdem das erledigt war, sagte ich zu Lara, dass es jetzt an der Zeit ist, nach Hause zu gehen. Gehorsam erhob sie sich vom Boden und legte ihr Spielzeug zurück in die Kiste. Auch Carolina tat ihr Spielzeug zurück in die Kiste. Wie selbstverständlich folgte sie uns, als ich mit Lara zur Tür ging. Gut, dann kommt sie eben mit und konnte gleich sehen, wo Lara wohnt. Die Mädchen fassten sich an den Händen und gemeinsam gingen wir rüber zu Laras Haus. Ihre Mutter hatte uns schon kommen sehen und war an die Tür gekommen um zu öffnen.

„Das scheint ja prima geklappt zu haben", sagte sie, als sie die beiden Kinder Hand in Hand kommen sah.

Ich sagte ihr, dass alles wunderbar gelaufen ist, besser, als ich es erwartet habe. Nun musste ich nur noch Carolina sagen, dass sie jetzt wieder mit mir zurück gehen muss und Lara morgen wiederkommen würde. Zuerst verzog sie ein wenig das Gesicht, aber dann nahm sie meine Hand und wir gingen nach Hause. Manchmal hüpfte sie sogar auf einem Bein. Eigentlich benahm sie sich im Moment wie jedes andere kleine Kind auch. Zu Hause ging sie gleich zu der Kiste mit dem

Spielzeug und nahm sich etwas daraus. Um damit in die Küche zu gehen, wo dein Vater noch immer am Tisch saß. Er fragte mich, ob alles gut gegangen ist und ich konnte das nur bestätigen. Ich sagte ihm, dass Lara morgen wieder zum spielen kommt.

Die Tage vergingen ohne Probleme. Es war, als ob Carolina schon immer zu uns gehörte. Nicht ein einziges Mal hatte sie geweint oder in der Nacht schlecht geschlafen. Sie schlief zwischen uns und kuschelte sich einmal an mich und ein anderes Mal an deinen Vater. Doch, wir wussten auch, dass ganz tief in ihrem Unterbewusstsein Dinge schlummerten, die eines Tages an die Oberfläche kamen. Sie war noch so klein und hätte wohl auch kam sagen können, was ihr schreckliches passiert war. So waren wir froh, dass sie spielte und in Lara eine Freundin gefunden hatte. Mit uns kam sie auch gut zurecht und wir hatten sogar den Eindruck, dass sie uns bereits in Herz geschlossen hat.

Heute war Sonntag und wie jeden Sonntag machten wir uns fertig, um in die Kirche zu gehen. Der Pfarrer wollte ja heute, nach seiner Predigt, die Dorfbewohner über das Schicksal von Carolina informieren und sie um Hilfe bei der Suche nach ihren Angehörigen bitten.

Wir hörten schon die Kirchenglocken läuten, als wir mit dem ankleiden fertig waren. Carolina in der Mitte, gingen wir Hand in Hand zur Kirche. Von allen Seiten kamen die Menschen um am Gottesdienst teilzunehmen. Wir gingen in die Kirche und setzten uns auf unsere Plätze. Einige Dorfbewohner hatten bereits von Carolina und ihrem Schicksal gehört und schauten zu uns rüber. Mitleid lag in ihren Augen, aber sie lächelten, als Carolina sie ansah. Es war heute das erste Mal, dass Carolina mit uns in die Kirche ging und sie sah sich neugierig um.

Pünktlich begann der Pfarrer mit seiner Predigt, die er heute über die Liebe und die Nächstenliebe hielt. Am Schluss sangen wir alle gemeinsam ein Lied.

Dann erhob er noch einmal die Stimme und bat darum, dass alle noch bleiben sollten, da er ihnen etwas sehr wichtiges mitzuteilen hatte.

Er begann von Carolina und ihrem traurigen Schicksal zu erzählen und sagte, dass, so lange niemand etwas über sie weiß oder ihre Angehörigen kennt, die Kleine bei uns leben würde.

Er appellierte an die Gemeinde uns nach Kräften zu unterstützen. Sei es mit nicht mehr benötigter Kleidung für Carolina oder anderen Dingen, da wir es gut gebrauchen konnten. Ich sah, dass einige sich, bei den Worten des Pfarrers, die Tränen von den Wangen wischten. Er hatte die richtigen Worte gefunden, denn die Menschen hier hatten ein großes Herz und halfen sich schon immer gegenseitig.

Zum Schluss sagte er noch, dass das Kind unter unser aller Schutz steht und wir es hüten wollen, als wäre es eines unserer eigenen Kinder.

Die Orgel begann zu spielen und wir verließen die Kirche.

Doch heute gingen die Menschen, nicht wie an den anderen Sonntagen gleich nach Hause, sondern sie hatten sich auf der Piazza versammelt und redeten aufgeregt miteinander. Das soeben gehörte ging ihnen tief unter die Haut und sie mussten sich erst einmal darüber austauschen. Wir nahmen Carolina wieder in unsere Mitte und gingen zu ihnen.

„Freunde, ihr habt gehört, was der Pfarrer gesagt hat. Von nun an gehört Carolina, bis auf weiteres, zu uns. Ich danke euch, dass ihr uns helfen wollt. Auch, wenn Carolina nicht spricht, sie versteht alles und ist wie jedes andere Kind in dem Alter", sagte dein Vater.

Wieder flossen bei einigen die Tränen, denn, dass Carolina nicht spricht, hatte der Pfarrer nicht erwähnt.

Wir verabschiedeten uns und gingen, gemeinsam mit Lara und ihren Eltern nach Hause. Die beiden Mädchen gingen Hand in Hand vor uns, wobei Lara unentwegt auf Carolina einredete.

Carolina lachte und nickte. Schön war es, die Beiden so lustig zu sehen. Schnell waren wir bei unserem Haus angekommen und wir verabschiedeten uns von Lara und ihren Eltern. Morgen würden sich die Kinder ja wiedersehen. Jetzt musste erst einmal zu Mittag gegessen werden und danach schlief Carolina immer ein wenig. Sie wollte es so und wir legten uns zu ihr. Etwas Ruhe tat uns auch gut, denn es war doch etwas anderes mit einem kleinen Kind wieder im Haus. Wir waren es nicht mehr gewohnt seit unsere Tochter gestorben war. Aber, es war sehr schön, wieder für so ein kleines Menschenkind sorgen zu dürfen und ihm unsere Liebe zu schenken.

Ich hatte das Gesicht meiner Mutter vor Augen und sah ihre Tränen …..

Mein Vater wischte sich verstohlen über die Augen, bevor er nun weiter zu erzählen begann.

Carolina wuchs uns von Tag zu Tag mehr ans Herz und wir konnten es uns nicht vorstellen, eines Tages wieder ohne sie zu sein. Die Dorfgemeinschaft hatte sie gut aufgenommen und die Familien, in denen auch kleine Kinder waren, luden sie zu sich nach Hause ein. Zuerst musste immer einer von uns dabei bleiben, aber wenn Carolina die Menschen besser kannte, blieb sie auch ohne uns dort um zu spielen. Alle hatten uns, von dem, was sie erübrigen konnten für Carolina gegeben und so fehlte es ihr an nichts.

Nach wie vor hatte niemand etwas heraus bekommen können, zu wem sie gehörte. Auch alle Bemühungen des Pfarrers blieben bisher erfolglos.

Es war noch immer Krieg und jeden Abend fuhren weitere Militärfahrzeuge über die Landstraße Richtung Norden. Die verhängte Ausgangssperre für den Abend galt immer noch. Sie sollte zu unserer eigenen Sicherheit sein. Vom Pfarrer hatten wir gehört, dass es im Norden ganz schlimm sein soll und es viele Tote und Verwundete gegeben hat. Hoffentlich nimmt das bald ein Ende. Wir beteten für die Menschen, die mitten im Kriegsgeschehen waren.

Nachts schlichen wir uns zu unseren Feldern um etwas zu essen zu besorgen. Es war uns verboten auf die Felder zu gehen, damit man uns nicht für einen Feind hielt. Deshalb sollten wir zu unserem Schutz im Dorf bleiben, denn um uns herum waren überall Soldaten, die den Befehl hatten, alles, was sich außerhalb des Dorfes bewegte, zu erschießen. Zum Glück waren sie nicht von hier und kannten unsere geheimen Wege nicht, sodass wir im Schutz der Dunkelheit zu unserem Feld konnten. Die anderen Familien machten es auch so, denn ansonsten hätte es sehr schlecht mit unserer Versorgung ausgesehen. In dem kleinen Laden gab es nichts mehr zu kaufen, da er schon lange nicht mehr beliefert wurde. Wir tauschten mit den anderen was wir vom Feld geholt hatten, damit jede Familie wenigstens Brot backen konnte und Nudeln machen konnte für eine warme Mahlzeit. Gemüse und Obst hatten wir reichlich, da jede Familie auf ihrem Feld Obstbäume hatte und Gemüse züchtete. Es ging uns also nicht schlecht und bis jetzt brauchte noch niemand hungern hier im Dorf. Jede Mahlzeit aßen wir mit Dankbarkeit.

Die Tage vergingen und Carolina wurde immer selbstbewusster. Sie entwickelte sich zu einer kleinen Persönlichkeit und verstand es, auch ohne Worte, uns um den Finger zu wickeln. Richtig schelmisch war sie manchmal und wir mussten über sie lachen. Sie hatte viele kleine Freunde gefunden auch auch die Herzen der Erwachsenen erobert. Fast ein Jahr lebte sie nun schon bei uns.

Ich erinnere mich noch, als ob es erst gestern gewesen ist. Wir lagen noch im Bett, als wir eine leise Stimme hörten.

Deine Mutter und ich dachten, dass wir träumen würden, aber Carolina saß im Bett zwischen uns und sagte deutlich das Wort -Puppe-!

Wir wagten nicht uns zu bewegen, aber abermals erklang ihre Stimme und wieder sagte sie -Puppe-.

Fast gleichzeitig drehten wir uns zu ihr um. Da saß sie mit ihrer Puppe im Arm und lachte uns an. Ihre Augen leuchteten und ihre dunklen, langen Locken fielen ihr über die Stirn. Sie schaute deine Mutter an und sagte noch einmal -Puppe-, legte ihre kleine Ärmchen um ihren Hals und küsste sie. Deine Mutter konnte jetzt ihre Tränen nicht mehr zurückhalten. Sie nahm die Kleine in Arme und küsste sie immer und immer wieder. Auch ich musste vor lauter Rührung weinen.

Unser Kind hatte das erste Wort gesagt. Glücklicher hätte sie uns nicht machen können. Lagen wir doch richtig mit unserer Vermutung, dass es ihr die Sprache durch einen Schock verschlagen hatte. Wir waren so froh, denn es wäre furchtbar gewesen, wenn dieses kleine Menschenkind niemals hätte sprechen können. Nun wurde es Carolina aber zu viel und sie befreite sich aus den Armen deiner Mutter. Sie krabbelte zu mir und zog an meinem Schnauzer. Das machte sie immer, es machte nämlich Spaß, wenn ich dann zuckte und das Gesicht verzog, denn nicht immer ging sie dabei sehr sanft mit mir um. Ich kitzelte sie dann, damit sie von mir abließ.

Eine Weile alberten wir noch herum und dann gingen wir gemeinsam in die Küche um zu frühstücken.

Nach dem Frühstück wollte ich gleich zum Pfarrer gehen, denn, wir hatten damals vereinbart, wenn sich nach einem Jahr niemand gemeldet hat oder wir niemanden ausfindig machen konnten, zu dem Carolina gehört, dann wollte er sie im Kirchenbuch eintragen als unser Kind. Ich machte mich fertig zum rausgehen, als wir plötzlich die Kirchenglocken hörten. Deine Mutter und ich schauten uns an. Was hatte das zu bedeuten? Heute war Dienstag und um diese Zeit läuteten die Glocken nie. Sie hörten gar nicht wieder auf zu läuten und so zogen sich auch Deine Mutter und Carolina schnell an, damit wir gemeinsam zur Kirche gehen konnten.

Ein unangenehmes Gefühl beschlich uns. Sollte der Krieg nun auch hier Einzug halten?

So schnell wir konnten gingen wir den kurzen Weg bis zur Kirche. Der Platz davor war schon voller Menschen und die Kirchentüren waren geöffnet. Alle redeten durcheinander und die Glocken läuteten immer weiter. Der Pfarrer erschien und winkte uns alle in die Kirche. Erst, als alle Sitzplätze belegt waren, hörten die Glocken auf zu läuten. Kein Muckser war in der Kirche zu hören und alle Augen schauten gebannt nach vorne zum Pfarrer.

Wie erleichtert waren wir, als wir seine Worte vernahmen.

Er verkündete uns das Ende des Krieges.

Jubel brach in der Kirche aus und alle lachten und weinten zugleich.

„Lasst uns nun singen und dem Herrn danken", sagte der Pfarrer und stimmte ein Lied an.

Ergriffen sangen alle mit.

Als wir die Kirche verließen, läuteten die Glocken abermals.

Wir gingen nach Hause.

Ich hatte beschlossen, morgen zum Pfarrer zu gehen wegen Carolina. Heute hätte er wohl kaum ein Ohr dafür gehabt; was auch verständlich war. So wichtig, wie die Angelegenheit wegen Carolina war, das Ende des Krieges war für alle in diesem Moment wichtiger.

Lara nahmen wir gleich mit uns und die Kinder konnten, wie jeden Morgen, zusammen spielen.

Ganz gegen unsere Gewohnheit holte deine Mutter die Flasche mit dem Grappa aus dem Schrank und goss uns ein kleines Glas davon ein.

Das tat gut. Die große innere Angst wich von uns, denn wir hatten, seit der Krieg begann, immer damit leben müssen, dass er auch unser Dorf irgendwann erreicht. Das Schicksal hat es gut mit uns gemeint; trotzt kleinerer Einschränkungen. Wir waren einfach nur dankbar und unendlich glücklich. Lange saßen wir einfach nur am Tisch und hielten uns an den Händen; deine Mutter und ich.

Es klopfte am Fenster und davor stand Laras Mutter. Wir öffneten das Fenster und sie sagte zu uns:

„Bringt bitte Lara heute etwas früher rüber, denn ich habe eben erfahren, dass ab dem Nachmittag ein Fest für alle auf der Piazza stattfindet und ich möchte Lara nach dem Essen etwas hinlegen. Es wird sicher spät werden und sie soll auch dabei sein, dann ist sie ausgeruhter. Der Pfarrer hat alle eingeladen".

Wir freuten uns und erzählten es auch gleich den Kindern. Sie waren so vertieft in ihr Spiel, dass sie es gar nicht mitbekommen hatten, dass wir gerade eben am Fenster mit Laras Mutter gesprochen hatten. Sie freuten sich auch; wussten sie doch, dass es bei einem Fest immer kleine Leckereien gab. Kleine Feste hatten wir hier auch während des Krieges gemeinsam gefeiert; sei es die Geburt eines Kindes, eine Taufe oder die Festtage, wie Weihnachten und Ostern. Aber es war mehr ein beisammen sein, als ein Fest in den Vergangenen Jahren. Es wurde keine Musik gespielt oder gar getanzt. Es war wie eine Gelegenheit, noch einmal gemeinsam zusammen zu sitzen, da niemand wusste, ob es nicht damit Morgen vorbei war und der Krieg uns erreichte.

Wir kochten schnell unser Mittagessen und danach brachte ich Lara rüber zu ihrer Mutter.

Deine Mutter deckte währenddessen den Tisch und war schon dabei, die Spaghetti auf die Teller zu füllen, als ich wieder zurück war. Wir aßen und anschließend legten wir uns auf unser Bett um gemeinsam mit Carolina eine Siesta zu halten.

Irgendwie fühlten wir uns auf einmal kraftlos, jetzt, wo die Anspannungen und die Belastungen der letzten Jahre heute von uns genommen wurden.

So erschöpft waren wir schon lange nicht mehr und schliefen doch tatsächlich ein.

Ein lautes klopfen an der Tür weckte uns. Wir schauten auf die Uhr. Meine Güte, es war bereits nach 16.00 Uhr; so lange hatte auch Carolina bisher nicht geschlafen. Schnell ging ich zur Tür, um nachzuschauen, wer geklopft hatte. Es war Laras Vater mit der ganzen Familie, die vor unserer Tür standen. Sie wollten uns abholen, um mit uns gemeinsam auf das Fest zu gehen. Ich sagte, dass sie schon voraus gehen sollten, wir kommen gleich nach. Ich kochte uns noch einen Espresso, hörte ich in meinen Gedanken meine Mutter sagen, und machte für Carolina etwas Milch warm. Wir waren alle drei noch richtig verschlafen und mussten erst einmal wach werden. Danach zogen wir unsere beste Kleidung an und gingen zur Piazza, die schon voller Menschen war.

War das ein Trubel!

Die Menschen hatten sich so schön angezogen, wie es ihnen möglich war. Sie lachten und scherzten miteinander, umarmten sich und waren so voller Freude über das Ende des Krieges. Der Pfarrer hatte dafür gesorgt, dass Essen und Trinken vorhanden war und für die Kinder hatte er Bonbons besorgt. Was das Beste war, unsere Musiker konnten wieder spielen. Das hatte in den Kriegsjahren gefehlt. Ein Fest ohne Musik, war für uns kein richtiges Fest. Aber die Umstände verbaten es uns in den vergangenen Jahren zu musizieren. Uns war auch nicht danach. Überall waren die Menschen in Lebensgefahr oder hatten ihr Leben verloren, da kann man nicht so tun, als ob es uns nichts angeht. Das erfordert der Anstand und der Respekt vor dem Leid der Anderen.

Sicher, das Leid sehr vieler Menschen war mit dem heutigen Tag nicht beendet, aber wir wollten das Ende des Krieges feiern und die Idee kam von unserem Pfarrer.

Dann konnte es nicht schlecht sein, wenn wir heute einmal wieder richtig glücklich sind.

Der Pfarrer kam gerade aus der Kirche und verkündete mit lauter Stimme, dass wir, bevor wir anfangen zu feiern, alle hier draußen miteinander beten wollten. Augenblicklich wurde es still und unser Pfarrer begann mit dem Gebet, in das wir alle einstimmten. Es war ein Moment, der Einigkeit, der Verbundenheit zu unserem Dorf und der Liebe zu den Menschen hier. Alle spürten es und es flossen Tränen.

Nach dem Gebet sprach der Pfarrer noch ein paar Worte und dann forderte er die Musiker zum spielen auf.

Oh, wie das klang, schöner, als jemals zuvor!

Die Mandolinen und die Flöten......

es war, als ob sie nur auf diesen Tag gewartet hatten.

Die Kinder waren zuerst zu dem Tisch mit den Süßigkeiten gelaufen. Die alte Teresa passte auf, dass sich niemand die Taschen vollstopfte, damit die anderen Kinder nicht leer ausgingen. Aber, sie waren diszipliniert und nahmen sich nur wenige Bonbons.

Danach gingen einige Kinder wieder zurück zu ihren Eltern, während andere miteinander spielten.

Es wurde gegessen und getrunken. Die Musiker spielten die alten Lieder und sie sangen alle mit.

Gestern noch, hatte niemand daran gedacht, dass heute der Krieg endlich ein Ende gefunden haben würde.

Spät in der Nacht machten wir uns auf den Heimweg und fielen todmüde in unser Bett. Carolina hatte tapfer durchgehalten, aber nun lag sie, mitsamt ihrer Kleidung im Bett und schlief. Wir ließen sie schlafen, denn wir wollten sie nicht stören, indem wir sie auskleideten.

Am nächsten Morgen machte sich dein Vater gleich auf den Weg zur Kirche. Er wollte dem Pfarrer mitteilen, dass Carolina ein Wort gesprochen hatte und ihn an die Vereinbarung, vor etwas über einem Jahr, erinnern. Wenn sich bis Heute niemand fand, der etwas über die Herkunft der Kleinen wusste oder gar ihre Eltern und Familie kannte, dann würde er sie als unser Kind im Kirchenbuch eintragen.

Der Pfarrer erinnerte sich noch sehr genau an das Gespräch und sagte zu deinem Vater, dass er es der Gemeinde am Sonntag nach der Predigt mitteilen wollte, dass Carolina ab nun offiziell unser Kind ist. Als Datum ihrer Geburt würde er den Tag eintragen, als wir sie an der Landstraße gefunden hatten und da wir das Jahr ihrer Geburt auch nicht genau wussten, beschlossen dein Vater und der Pfarrer, dass sie jetzt 4 Jahre alt ist. So würde er sie, unter unserem Familiennamen in das Kirchenbuch eintragen.

Das hieß aber auch, dass von dem Tag an niemand mehr über deine Herkunft sprechen durfte; alle mussten darüber für immer schweigen.

Denn, obwohl sie hier, in dem abgelegenen Dorf, fern der Großstadt lebten, wussten sie, dass man nicht einfach ein Kind behalten durfte und sie sich strafbar machten.

Doch, was wäre die Alternative?

Man hätte dich in ein Kinderheim gebracht und das wollten wir nicht; gerade in diesen Zeiten, wo so viele Kinder verloren gegangen waren und wer weiß, vielleicht lebten deine Eltern auch nicht mehr.

Meine Mutter blickte mich an, als sie mir das erzählte und ich sah in ihren Augen ihre unendliche Liebe zu mir.

Noch immer saß ich am Küchentisch. Ich trank einen Schluck Kaffee, der inzwischen kalt war. Meine Sehnsucht nach zu Hause, zu meinen Eltern, den Menschen im Dorf, dem Meer und der fast ewig strahlenden Sonne am blauen Himmel; wie vermisste ich das alles. Es ist nicht so, dass ich hier in der Fremde nicht glücklich war und bin, aber die Heimat ist etwas anderes. Ich habe hier meinen Mann und meine Kinder und das Leben hatte es gut mit uns gemeint. Das Stadtleben ist etwas anderes, als in einem kleinen Dorf. Wir haben hier zwar auch viele Freunde gewonnen, doch eine gewisse Isolation war geblieben. Ich kann es nicht besser erklären, es ist so ein Gefühl. Wieder dachte ich an zu Hause und war mit meinen Gedanken bei den Erzählungen meiner Eltern.

Ja, meine Eltern liebten mich sehr. Ich umarmte beide und mein Vater erzählte weiter.....

Die Woche sollte schnell vergehen und wir machten uns bereit, um in die Kirche zu gehen. Wir gingen jeden Sonntag in die Kirche. Es gehörte zu unserem Leben dazu; allerdings, sehr gläubig waren wir nicht, doch, es war eine Gelegenheit, die anderen aus dem Dorf zu treffen und um Neuigkeiten auszutauschen. So gingen wir los, als die Glocken zu läuten begannen. Wir betraten die Kirche und setzten uns auf unsere Plätze und wenig später begann der Pfarrer mit seiner Predigt.

Am Ende forderte er alle auf, noch sitzen zu bleiben, da er allen noch etwas zu sagen hatte. Wir wussten, was nun kam. Der Pfarrer kam von der Kanzel herunter zu uns und nahm Carolina an die Hand. Er ging mit ihr auf die Kanzel und setzte sie auf das Pult. Das vor ihm stand. Dann begann er zu sprechen und verkündete mit lauter Stimme, dass Carolina heute als unser Kind in das Kirchenbuch eingetragen wird und sie von nun an für immer zu unserer Gemeinschaft gehört. Er erzählte, dass bisher alle Bemühungen erfolglos verliefen und keine Angehörigen gefunden wurden. Wenn irgendeiner von euch einen Einwand hat, dann soll er es jetzt sagen, wobei er die Anwesenden anblickte, oder für immer schweigen. Niemand hatte etwas dagegen und so nahm er das Kirchenbuch, schlug es auf und schrieb deinen Namen und dein Geburtsdatum, das wir besprochen hatten, zu den Daten von unserer Familie. Carolina hatte alles ganz genau beobachtet und verhielt sich ruhig dort oben auf dem Pult bei dem Pfarrer.

Nun war Carolina ganz offiziell unser Kind und wir konnten unser Glück kaum fassen.

Der Pfarrer hob sie herunter vom Pult und sie kam mit hochroten Wangen zurück zu uns. Sie verstand natürlich nicht, was das alles zu bedeuten hatte, aber, dort oben auf dem Pult zu sitzen, das war etwas ganz tolles für sie.

Die Glocken begannen zu läuten und wir gingen alle nach draußen um, wie jeden Sonntag, noch etwas mit den anderen zu plaudern. Die Sonne schien und der blaue Himmel zeigte keine einzige Wolke. Alle waren fröhlich und guter Dinge. Carolina spielte mit den anderen Kindern und wir konnten uns in Ruhe unterhalten. Länger als sonst blieben wir heute auf der Piazza. Alle kamen, um uns zu gratulieren, denn sie wussten, dass wir unsere kleine Tochter Stella verloren hatten und wie unglücklich wir darüber waren, zumal es für deine Mutter nicht möglich war, ein weiteres Kind zu gebären. Sie freuten sich mit uns und sie meinten es ehrlich.

Doch, irgendwann hat alles Schöne auch einmal ein Ende und uns knurrte Magen, denn die Mittagsstunde war schon weit überschritten. Das Essen war schon vorbereitet und so dauerte es nicht lange, bis wir essen konnten. Uns kam es so vor, als ob das Essen heute noch besser schmeckt als sonst. Sicherlich bildeten wir uns das nur ein, denn du weißt ja, deine Mutter ist eine ausgezeichnete Köchin und was sie kochte, schmeckte immer sehr gut. Wir waren einfach nur glücklich.

Morgen früh wollten wir Carolina im Kindergarten anmelden, damit sie Vormittags dort spielen konnte. Sie kannte ja bereits alle Kinder und immer, wenn wir am Kindergarten vorbei gingen, gab sie uns Zeichen, dass sie auch dort hin wollte. Wir mussten sie jedes mal vertrösten, aber ohne den Eintrag in das Kirchenbuch hätten wir sie nicht anmelden können.

Wir sagten es Carolina gleich nach dem Mittagessen und ihre Augen strahlten. Außer dem Wort -Puppe- hatte sie bisher noch nichts weiter gesprochen. Wir hofften, dass es sich ändert, wenn erst einmal im Kindergarten mit den vielen Kindern auf einmal zusammen ist. Mit Lara konnte sie sich sehr gut verständigen. Die Beiden hatten ihre eigene Sprache gefunden, doch im Kindergarten würde sie ohne Lara auskommen müssen, da diese nun die Vorschule besuchen sollte. Sie würden sich aber in den Pausen sehen können, weil alles in einem Gebäude war.

„Lara hatte nicht in den Kindergarten gewollt und seit du in unser Leben gekommen bist, habt ihr zusammen gespielt", sagte mein Vater und blickte mich an.

Ich hatte meinen Eltern, ohne sie zu unterbrechen, gebannt zugehört. In meinem Kopf drehte sich alles und ich konnte noch gar nicht glauben, was sie mir bisher erzählt hatten. Ich sollte nicht das leibliche Kind meiner Eltern sein? Unmöglich, das gibt es doch gar nicht. Wir hatten doch so eine enge Bindung, wie es nur Eltern und Kind haben können.

Meine Mutter nahm mich fest in ihre Arme. Sie spürte, was in mir vorging. Der Gedanke, wer denn meine leiblichen Eltern sein könnten, kam mir in diesem Augenblick noch nicht.

Das klingeln des Telefon riss mich aus meinen Erinnerungen. Es war Tina, die mir nur schnell sagen wollte, dass sie heute Abend länger arbeiten musste, da eine wichtige Konferenz angesagt war und wir sollten nicht mit dem Essen auf sie warten, da sie sich dort etwas kaufen würde.

Ich ging zurück in die Küche und kochte mir einen Espresso. Ich musste das Essen vorbereiten. Meine Einkäufe dafür lagen noch immer unangetastet auf dem Küchentisch. Ich blickte auf die Uhr und sah, dass ich noch genug Zeit bis zum Abend hatte. Ich brauchte mich also nicht zu beeilen.

Der Espresso war fertig und ich machte mir noch ein Brot dazu. Heute war ein schöner Tag. Die Sonne schien und die Vögel zwitscherten in den Bäumen. Ich hätte glücklich sein können, wenn da nicht immer diese Sehnsucht in mir hochkam.

Ich aß mein Brot und trank meinen Espresso während ich dabei aus dem Fenster schaute. Der große Baum vor dem Küchenfenster hatte rosa Blüten und die Bienen schwirrten um ihn herum. Sie waren sehr beschäftigt und ließen keine Blüte aus. Irgendwie sah der Baum mit seinen Blüten aus, als hätte ihn ein Maler gemalt. Jedes Jahr blühte er so schön und wenn der Wind kam und durch die Blütenblätter pustete, sah die Straße danach aus, als hätte jemand dort einen rosa Teppich ausgelegt. Kinder, die nach der Schule vorbei kamen, bewarfen sich dann mit den Blütenblättern und hatten ihren Spaß daran.

Auch in meiner Heimat gab es diese Bäume mit den rosa Blüten und ich musste daran denken, als wir damals, als Kinder, die Blüten sammelten und trockneten. Wir haben sie in ein Glas getan und als Zierde auf den Tisch gestellt. Schön sah es immer aus, wenn mehrere dieser Gläser den Tisch schmückten.

Einmal hatte meine Mutter die kleinen Blüten auf einen Faden gezogen und mir einen Kranz daraus gemacht, den sie mir auf meine Haare setzte. Ich glaube, meine Eltern haben noch ein Foto davon. Wenn ich nach Hause fahre, werde ich sie danach fragen.

Ich schloss meine Augen und sofort waren die Erinnerungen wieder da.

Obwohl es schon so viele Jahre her war, dass mir meine Eltern das alles erzählt hatten, war mir, als könnte ich das Damals fühlen und riechen. Der Geruch, der frischen Spaghetti-Soße, die auf dem Herd leicht köchelte, stieg mir in die Nase und ich sah mich in den Armen meiner Mutter. Ich sah das Gesicht meines Vaters, der vor lauter Aufregung immer wieder über seinen Schnauzbart wischte und fühlte die tiefe Geborgenheit meines zu Hause.

Mein Vater sprach mit leiser Stimme weiter.

Einen kleinen Teil deiner Geschichte

hast du jetzt gehört und ich weiß nicht, ob du noch weiter zuhören möchtest oder wir dir morgen weiter erzählen sollen. Vielleicht möchtest du erst einmal über alles nachdenken, fragte er mich. Doch ich sagte zu ihm, dass er ruhig weiter erzählen kann, es war für mich wie eine Geschichte, was ich bisher über mich gehört hatte, die Worte hatten ihre Tiefe bei mir noch nicht erreicht.

Doch, das sollte noch kommen.....

Wir machten uns noch einen schönen Sonntag und gingen am frühen Abend runter zum Meer. Die frische Brise tat uns gut, denn es war wieder ein sehr heißer Tag. Auch andere Familien hatten die Idee und so waren wir eine lustige Runde und hatten viel Spaß. Wir genossen das erste, unbeschwerte

Beisammensein nach dem Krieg. Gut, wir waren auch während des Krieges zum Meer gegangen, doch meistens nur wegen der Kinder. Als die Sonne langsam unterging machten wir uns wieder auf den Heimweg. Morgen wollten wir beizeiten aufstehen, um Carolina im Kindergarten anzumelden. Abends im Bett sagte sie auf einmal wieder -Puppe- und nahm sie fest in ihre Arme. Wir verstanden, sie wollte morgen ihre Puppe mitnehmen. Mit ihrer Puppe im Arm schlief Carolina ein.

An nächsten morgen war es dann soweit. Wir machten uns auf zum Kindergarten. Die Leiterin war sofort bereit Carolina aufzunehmen und in die Gruppe zu integrieren. Da wir uns kannten, wusste sie, dass Carolina nicht sprach. Sie war zuversichtlich und meinte, dass die Gruppe ihr gut tun wird und vielleicht den letzten Rest der Sprachblockade lösen wird. Carolina ging auch sofort zu den anderen Kindern und spielte mit. Wir verabschiedeten uns noch von ihr bevor wir gingen.

Alles hatte gut geklappt.

Abwechselnd wollten wir sie wieder vom Kindergarten abholen; so hatten deine Mutter und ich es vereinbart.

Gegen 13.00 Uhr holte deine Mutter Carolina vom Kindergarten ab. Die Leiterin versicherte ihr, dass alles problemlos verlaufen war und wir uns keine Sorgen machen müssen.

So vergingen die Tage und Wochen, bis zu jenem Dienstag.

Ich wollte Carolina gerade in den Kindergarten bringen, als wir unseren Ohren nicht trauten!

Carolina sagte zu uns, dass sie heute alleine in den Kindergarten gehen will.

Wir glaubten zu träumen. Bisher hatte sie nur ein einziges Wort gesprochen und nun kam gleich ein langer Satz über ihre Lippen.

Tränen standen in unseren Augen und Carolina sah uns verständnislos an.

Wir griffen nach ihren Händen und drehten uns im Kreis; wir lachten und hüpften vor lauter Freude, bis wir wieder ihre Stimme vernahmen, die sagte:

„Jetzt ist aber genug, sonst komme ich zu spät zum Kindergarten".

Deine Mutter hängte Carolina die Brottasche um, wir gaben ihr noch ein Küsschen und weg war sie.

Da ging sie nun ganz alleine ohne sich noch einmal umzuschauen. Wir waren so stolz auf unser Kind, doch das

Beste war, dass sie nun endlich sprach. Wie sehr hatten wir es uns für sie gewünscht, aber wir haben sie nie gedrängt zu sprechen. Es musste ihr von innen heraus kommen und das brauchte Zeit. Jetzt war die Zeit gekommen, das ihr Unterbewusstsein schlummerte und nicht mehr die Oberhand über sie hatte.

„Glaube mir, deine Mutter und ich saßen in der Küche und wir haben beide geweint vor lauter Freude", sagte mein Vater damals, als er mir alles über mich erzählte und schaute mich an.

Zärtlich umarmte ich ihn und er erzählte weiter.

Von nun an ging unser Kind jeden Tag alleine in den Kindergarten und wir brauchten sie auch nicht mehr von dort abholen. Sie wurde immer selbständiger und ihr Mund stand nicht mehr still. Es war, als ob sie alles, was sie bisher nicht sagen konnte, nachholen wollte. Jedes Wort von ihr war Musik in unseren Ohren.

Schnell sprach es sich in unserem Dorf herum, dass Carolina jetzt angefangen hatte zu sprechen. Alle freuten sich für sie und mit uns.

Während Carolina im Kindergarten war, kümmerten wir uns um unser Feld auf dem wir wieder reichlich Gemüse und Früchte ernten konnten.

Ein paar Hühner hatten wir uns auch wieder angeschafft. Es waren gute Legehennen und ein Hahn. Wir tauschten einige Eier gegen frischen Fisch den die Fischer morgens auf ihren Booten anboten. So hatten wir immer genug zu essen; ab und an stand auch einmal ein gebratenes Huhn auf dem Tisch. Wir waren zufrieden mit dem, was wir hatten.

Da das Sommerfest bevorstand, schlug der Pfarrer vor, dass es diesmal zu Ehren von Carolina gefeiert werden soll und wir am Sonntag davor in der Kirche ein Gebet für Carolina sprechen sollten.

Im Dorf hatte sich jetzt alles wieder normalisiert und fast jede Familie war in der Lage, etwas zum Fest beizusteuern; und wenn es nur eine Kleinigkeit war. Aber auch, wenn jemand gar nichts mitbringen konnte, herzlich willkommen waren alle. Wir waren eine Gemeinschaft und Not konnte jeden von uns treffen, das wussten wir nur zu gut. Noch drei Wochen waren es bis zum Fest und wir hatten genügend Zeit uns darauf vorzubereiten. Vor dem Krieg hatten wir immer wunderschöne Sommerfeste gefeiert und so sollte es in diesem Jahr auch wieder werden.

Der große Tag war gekommen. Auf der Piazza wurden bereits die Tische und Stühle aufgestellt. Die Bäume wurden mit Lampions geschmückt und für die Musiker hatten einige Männer ein kleines Podest gezimmert. Die Speisen wurden auf den Tischen aufgeteilt und die Getränke standen im Schatten unter einem der großen Bäume die hinter der Kirche standen. Da konnte sich dann jeder nehmen, was er wollte. Für die Kinder hatte der Pfarrer die Schaukel aus dem Gemeindehaus geholt und aufstellen lassen.

Die Glocken begannen zu läuten, als wir die Kirche betraten. Uns war sehr feierlich zumute, denn unserer Carolina war ja das diesjährige Sommerfest gewidmet. Carolina saß jetzt bei den anderen Kindern, denn für sie waren auf der anderen Seite die ersten drei Reihen reserviert. Sie saß neben Lara mit der sie immer noch jedes Wochenende spielte und oftmals auch am Nachmittag. Noch ging es lebhaft zu, doch, als die Orgel ertönte, wurde es sofort mucksmäuschenstill und alle setzten sich.

Als die Orgel verstummte, erschien der Pfarrer auf der Kanzel und begann mit seiner Predigt. Zum Schluss verkündete er die frohe Botschaft, dass Carolina nun endlich sprechen konnte und das heutige Fest ihr gewidmet ist. Die meisten wussten es ja schon, aber alle klatschten und brachen in Jubel aus.

Was für ein schöner Tag...

Wir gingen nach draußen auf die Piazza und suchten uns, zusammen mit Laras Familie, einen Platz im Schatten einer der Bäume. Als alle ihren Platz eingenommen hatten wünschte uns der Pfarrer einen guten Appetit. Das Essen sah köstlich aus und jeder nahm sich etwas aus den großen Schüsseln die vor ihnen auf dem Tisch standen. Ab und an hörte man einmal ein Lachen, aber ansonsten war es noch ruhig.

Das sollte sich nach dem Essen aber schnell ändern, denn dann spielte die Musik auf und es wurde gesungen, getanzt und gelacht. Der Rotwein tat seine Wirkung und die Stimmung war ausgelassen. Sie sangen ihre alten Lieder zum Klang der Mandolinen und Flöten; ja, sogar ein Akkordeon hatte jemand organisiert und spielte darauf.

Die Kinder tanzten auch und waren so vergnügt. Sie versuchten sich mit einer Tarantella, aber ganz gelingen wollte es ihnen noch nicht.

Es war ein wunderschönes Fest, dem noch viele folgen sollten.

Die Zeit verging und es kam der Tag der Einschulung für unsere Carolina. Zweieinhalb Jahre lebte sie nun schon bei uns und entwickelte sich prächtig. Sie wusste, wie sie uns immer wieder um den Finger wickeln konnte; wir konnten ihr nichts abschlagen. Sie war ein kleiner Schelm, aber sie war nie unartig. Ab und an versuchte sie zwar mit dem Kopf durch die Wand zu gehen, aber sie merkte schnell, dass sie damit nichts erreichen konnte und beruhigte sich wieder. Sie war ein ganz normales Kind, wie jedes andere auch.

Erneut schreckte ich auf aus meinen Gedanken, als es an der Tür klingelte.

Das konnte nur eine Nachbarin sein, denn die Post war schon lange durch. Tatsächlich, als ich die Tür öffnete, stand meine Nachbarin aus dem Nebenhaus vor mir und fragte mich, ob ich zwei Eier und etwas Milch für sie hätte, weil sie einen Kuchen backen wollte und vergessen hatte, diese Zutaten zu besorgen. Ich ging in die Küche um das von ihr gewünschte zu holen und ihr zu geben. Sie bedankte sich und ging.

Irgendwie fühlte ich mich, als ob ich geschlafen hätte und nun erst einmal richtig wach werden muss. Ich schaute auf die Uhr und sah, dass es bereits Nachmittag war und ich noch nichts für das Abendessen vorbereitet hatte. Es berührte mich nicht sonderlich und ich musste auf einmal lachen. Was würde meine Familie wohl heute Abend sagen, wenn kein Essen auf dem Tisch stehen würde? Sollte ich ihnen sagen, ich habe den Tag verträumt? Warum eigentlich nicht? Ich hatte das Gefühl, dass sich etwas ändern musste, aber war es gerade das, dass ich das Essen nicht zubereiten würde? Wieder musste ich lachen, denn ich sah die ungläubigen Gesichter meiner Familie vor meinen Augen. Nein, jetzt aber los und das bisher versäumte nachholen. Ich machte mich an die Arbeit und setzte die zubereitete Tomatensauce auf den Herd, damit sie vor sich hin kochen konnte. Die restlichen Arbeiten waren auch schnell erledigt und ich musste nur noch den Tisch abwischen. Fertig, ich goss mir ein Glas von dem frischen Orangensaft ein und setzte mich wieder ans Fenster um in die blühenden Bäume zu schauen. Welch ein Duft der von ihnen zu mir herüber kam. Süß und fruchtig zugleich. Noch immer schien die Sonne und Menschen eilten hin und her. Einige von ihnen hatten wohl schon Feierabend und wollten sicherlich noch schnell etwas einkaufen, dachte ich bei mir.

Oder, warum hatten sie es so eilig?

Sie hasteten an der blühenden Natur vorbei und hatten kaum ein Auge für die Schönheit.

Aber, wer weiß, vielleicht würde ich genauso blind durch die Straßen eilen, wenn ich den ganzen Tag hätte arbeiten müssen und am Abend noch den Haushalt und die Kinder versorgen müsste?

Ich hatte das große Glück, zu Hause bleiben zu können, da mein Mann gut verdiente und ich konnte mich in aller Ruhe um alles kümmern. Dafür war ich dankbar und Wärme durchströmte mich, als ich an meinen Mann dachte. Was für ein großes Glück war es, dass das Schicksal mir gerade diesen Mann über den Weg geschickt hatte.

Wie war das damals?

Ich schloss die Augen, doch in diesem Moment hatte ich wieder die Szene vor Augen, als meine Eltern mir alles über mich erzählten.

Ja, das war sie, unsere Carolina, ein liebenswertes Geschöpf, sagte meine Mutter und strich mir eine Locke aus der Stirn.

In der Schule gab es keine Probleme. Sie war wissbegierig und lernte schnell. Selbst das Lesen und Schreiben lernen bereitete ihr keine Mühe. Da dachten wir anfänglich, dass sie es vielleicht nicht sofort begreifen würde, da sie ja eine ganze Zeit nicht gesprochen hatte. Doch alle unsere Ängste lösten sich in Luft auf, denn in manchen Fächern war Carolina sogar Klassenbeste. Da Carolina nun den ganzen Tag in der Schule war, hatten wir beschlossen, wieder einen kleinen Laden zu eröffnen, so wie früher vor dem Krieg. Wir wollten ihn dort wieder aufbauen, wo der alte Laden vorher auch stand; oben an der Landstraße. Das Holz dafür hatten aufbewahrt. Wir bauten ihn damals ab, als keine Lastwagen mehr auf dieser Route fuhren, weil Krieg war. Die Fernfahrer hatten sonst bei uns halt gemacht um sich mit Früchten, Brot, Oliven, Getränken usw. zu versorgen, bevor sie weiter nach Süden fuhren. Wir hofften, dass sich alles wieder so einpendelte, wie es einmal war. Denn sie fuhren ja schon eine ganze Weile wieder bei uns vorbei. Außerdem kam es fast jeder Familie hier im Dorf zugute, wenn wir wieder da oben verkaufen würden. Es war vor vielen Jahren, als alle gemeinsam beschlossen, einen kleinen Teil ihrer Ernte an die Fernfahrer zu verkaufen. Das Geschäft lief vom ersten Tag an sehr gut und es dauerte nicht lange, da kamen sie auf die Idee, den Fahrern auch eine warme Mahlzeit anzubieten. Jeden Tag kochte eine andere Frau eine Mahlzeit für die Fahrer. In etwa wussten sie ja, wie viele Fahrer täglich bei ihnen hielten um sich mit Proviant zu versorgen und wenn etwas übrig blieb, aß die Familie es am Abend selber. Jede Familie bekam von dem Verkauf ihrer Waren oder Speise den vereinbarten Anteil und der Rest war für uns. Es war unser Lohn dafür, dass wir es mit dem Laden möglich machten. Musste doch einer von uns immer anwesend sein und zweimal in der Woche auch in der Nacht. Aber es war eine schöne Zeit und da wollten wir nun wieder anknüpfen.

Gedacht, getan......

Wir erzählten es unseren Nachbarn und die, erzählten es ihren Nachbarn und eins, zwei, drei, hatten wir genügend helfende Hände und der Laden stand.

Die ersten Waren wurden uns gebracht und wir hatten an der Landstraße ein großes Schild, mit dem Hinweis auf uns, aufgestellt.

Die Fahrer mussten ja wissen, dass es uns wieder gab.

Wir waren noch nicht ganz fertig mit

dem einräumen der Waren, als es laut hupte, immer und immer wieder und da kam der Lastwagen auch schon auf uns zu.

Wir schauten und trauten unseren Augen nicht. Heraus sprang Agostino!

Was für eine Freude, er kam aus dem Norden und hatte den Krieg überlebt. Damals war er unser erster Kunde und heute war er wieder der Erste, der bei uns hielt.

Das konnte nur ein gutes Omen sein!

Was für eine Freude auf beiden Seiten; wir umarmten uns und es war, als ob ein Teil der Familie zurückgekehrt war. Natürlich hatten wir einander sehr viel zu erzählen. Doch seine Zeit war knapp bemessen, er musste weiter, aber er versprach, dass er beim nächsten Mal mehr Zeit mitbringen würde. Wir umarmten uns noch einmal und dann stieg Agostino in seinen Lastwagen und fuhr davon. Er war heute nicht der einzige, der bei uns hielt und den wir schon kannten. Jedes mal war die Freude auf beiden Seiten riesengroß; sie waren froh, dass es uns nun hier wieder gibt. Ihnen allen hatten wir gefehlt und wir hatten sie vermisst. Unser altes Leben hatte uns wieder.

Die Jahre vergingen und wir waren eine glückliche Familie. Carolina war nach wie vor sehr gut in der Schule und machte uns keine Sorgen.

Doch es kam die Zeit, in der dein Vater und ich uns überlegten, Carolina die Wahrheit sagen. Von Anfang an hatten wir beschlossen, wenn sie in einem Alter ist um diese Dinge zu verstehen, dann würden wir ihr alles erzählen. Gewiss, auch dann würde es für sie wahrscheinlich ein Schock sein, aber wir wollten nicht, dass sie es vielleicht doch einmal von anderen erfuhr.

Wir hatten den Zeitpunkt nach dem Mittelschulabschluss gewählt.

In der Schule hatten sie viel über den Krieg erfahren und über mögliche Schicksale. Ihre Reaktion zu dem Thema und ihre Fragen über den Krieg ließen den Schluss zu, dass sie jetzt im richtigen Alter ist, alles über ihre eigene Geschichte zu erfahren.

Es fiel uns nicht leicht unserer Tochter die Wahrheit zu erzählen und einige Tage hatten wir es vor uns hergeschoben; aber es musste sein.

So saßen wir beieinander und sprachen abwechselnd über ihre Vergangenheit. Wider erwarten reagierte ich nicht, wie meine Eltern befürchtet hatten und ich stellte ihnen viele Fragen, die sie alle beantworteten.

Nur auf die Fragen, wer mich dort hin gesetzt hatte, wer meine leiblichen Eltern waren, was ich damals erlebt hatte und und und, gab es nach wie vor keine Antworten.

Ich nahm meine Eltern in die Arme und küsste sie. Es war gut, dass ihr mir alles erzählt habt und ich werde auch darüber schweigen. Ihr seid die liebsten Eltern, die sich ein Kind nur wünschen kann und ihr habt richtig gehandelt, als ihr mich als euer Kind im Kirchenbuch eintragen lassen habt. Was wäre aus mir geworden, wenn ich in einem Heim gelandet wäre?

Daran wollte ich gar nicht denken.

Ich hörte meine eigene Stimme, die sagte, dass wir jetzt zu Abend essen sollten, denn ich hatte hunger. Meine Eltern sahen sich an und lachten. Ihnen fiel ein großer Stein vom Herzen und sie waren froh, dass ich alles so gut aufgenommen hatte und im stillen hofften sie, dass da nicht noch ein dickes Ende nach kam, wenn ich alles erst einmal verdaut hatte.

Aber, das kam nicht.

Warum sollte ich über Dinge nachdenken, auf die es sowieso keine Antworten gab.

Ich würde weiter in die Schule gehen, denn ich wollte unbedingt mein Abitur machen um einmal zu studieren. Was genau, das wusste ich noch nicht.

Meine beste Freundin Lara machte in einem Jahr ihr Abitur und sie wollte Ärztin werden, doch das lag mir nicht; ich wollte lieber Journalismus oder ähnliches studieren. Aber ich hatte ja noch zwei Jahre Zeit zum überlegen. Jetzt waren erst einmal Sommerferien und wir würden viel Zeit am Strand miteinander verbringen. Würden Eis essen und mit den jungen Burschen ein wenig flirten. Daran hatten Laura und ich unseren Spaß. Unseren Eltern erzählten wir das aber nicht; es war unser Geheimnis. Es würde ihnen Sorgen bereiten, denn die Sitten und Gebräuche hier im Dorf waren streng geregelt. Wir taten ja auch nichts, was dagegen verstieß, wir beschränkten uns ja auf kleine Wortspielereien, die harmlos waren, uns aber Spaß machten.

Der eine oder andere sah schon gut aus und könnte mir gefallen, doch es kam alles ganz anders.

Wir genossen unsere Ferien und ab und an half ich meinen Eltern im Laden.

Das jährliche Sommerfest stand vor der Tür und meine Mutter kaufte mir dafür ein neues Kleid. Ich freute mich riesig darauf, denn unsere Feste waren immer sehr schön.

Ich wollte morgen mit Laura bei der Tomatenernte helfen, denn die waren jetzt reif und mussten gepflückt werden. Wir machten aus ihnen dann die Tomatensauce für den Winter. Es war sehr viel Arbeit, doch gemeinsam machte es auch Spaß.

So verging der Sommer und ich musste wieder in die Schule. Wir waren nur noch eine kleine Klassengemeinschaft, denn viele waren nach der Mittelschule abgegangen. Nicht jede Familie konnte es sich leisten, ihr Kind weiter zur Schule zu schicken. Einige wollten es auch nicht, da sie dachten, ein Mädchen heiratet doch bald, warum sollte sie weiter die Schule besuchen. Zum Glück dachten meine Eltern anders. Sie sagten mir immer, dass eine gute Schulbildung und spätere Ausbildung, alles leichter machen würde. Auch ein Mädchen sollte gebildet sein; für sich selbst und, um es später auch einmal an ihre Kinder weiter geben zu können. Etwas moderner war unser Dorf ja schon geworden und wir hatten mittlerweile mehrere Geschäfte hier und sogar ein kleines Hotel mit Restaurant. Wer weiß, vielleicht findet sich einmal eine Arbeit hier für mich. Aber bis dahin würden noch einige Jahre ins Land gehen.

Jetzt hieß es erst einmal lernen.....

Das neue Schuljahr begann und wir waren gespannt, was es uns bringen würde. Ein neuer Lehrer war an die

Schule gekommen und wir machten uns so unsere Gedanken über ihn, da er nicht von hier war. Er kam von einem Gymnasium aus der Großstadt. Wir gingen, nachdem wir uns alle lautstark begrüßt hatten, in unseren Klassenraum und setzten uns. Gleich in der ersten Stunde sollten wir den neuen Lehrer haben.

Die Tür ging auf und herein kam ein noch ziemlich junger Mann, der uns anlachte. Das erste, was er zu uns sagte war, dass wir nicht aufstehen sollen, wenn er herein kommt; es reicht, wenn wir leise auf den Tisch klopfen als Begrüßung. Das fing ja gut an, so etwas gab es hier bisher nicht. Er nannte uns seinen Namen und setzte sich hinter das Pult. Dann begann er über sich zu erzählen; wo er herkam und, wo er bisher unterrichtet hatte. Uns gefiel, was er sagte, war er doch ziemlich locker drauf und nicht so autoritär, wie sie es bisher von ihren Lehrerinnen und Lehrern kannten. Sie waren alle sehr nett, aber eben Pädagogen der alten Schule. Dieser war anders und ich vermutete, es lag daran, dass er aus der Großstadt kam. Irgendwie sah er gut aus.......

Die erste Unterrichtsstunde verging wie im Fluge und die Pausenklingel läutete. Wir gingen nach draußen und es gab nur ein Gesprächsthema; der neue Lehrer. Alle waren sich einig, dass er sehr sympathisch war und sie hofften, dass der erste Eindruck sie nicht täuscht und es so bleiben würde. In der nächsten Stunde hatten sie wieder bei einer ihrer alten Lehrerinnen Unterricht und als sie das

Klassenzimmer betrat gab es eine herzliche Begrüßung. Sie mochte ihre Schüler und die Schüler mochten sie. Wurden sie doch bereits seit der ersten Klasse von ihr unterrichtet. Doch, sie war von der alten Schule und erwartete, dass die Schüler, wenn sie das Klassenzimmer betrat, aufstanden. Ansonsten war sie, wie alle Lehrkräfte hier, immer für die Schüler da und hatte ein offenes Ohr für ihre Sorgen und Nöte. Sie versuchte zu helfen oder zu vermitteln, wo sie nur konnte und so war es ihr gelungen, die Eltern einer Mitschülerin zu überreden, dass ihre Tochter doch weiter zur Schule gehen sollte um ihr Abitur zu machen. Franca war darüber so glücklich, dass sie Blumen für die Lehrerin mitgebracht hatte und sie ihr nach der Begrüßung überreichte. Unsere Lehrerin war sehr gerührt und nahm Franca kurz in den Arm. Wir alle wussten um die Bemühungen unserer Lehrerin für Franca; so etwas spricht sich im Dorf schnell herum. Unser Klassensprecher richtete einige Worte an die Lehrerin und bedankte sich in unser aller Namen für ihre Hilfe. Jetzt musste sich unsere Lehrerin doch ein paar Tränen von der Wange wischen.

Der Alltag hatte uns wieder und wir mussten sehr viel lernen; es war auch für mich nicht immer leicht und ich musste mehr für die Schule tun als bisher. Oft setzten wir uns zusammen um gemeinsam zu lernen. Wir hatten ja schon immer den ganzen Tag in der Schule verbracht von der ersten Klasse an. Wir bekamen dort auch Mittags unser Essen und Nachmittags mussten wir in der Schule unsere Hausaufgaben machen. Das war schon immer so und es hatte sich daran auch nichts geändert. Mussten doch die Eltern ihre Felder und ihr Land bestellen und das dauerte bis zum Sonnenuntergang. So waren ihre Kinder gut versorgt, denn nicht jede Familie hatte Großeltern oder andere Verwandte in der Nähe, die sich um die Kinder kümmern konnten während sie arbeiteten.

Im Dorf ging das Leben seinen gewohnten Gang. Unser kleiner Laden oben an der Dorfstraße lief sehr gut und mein Vater konnte jeden Monat etwas Geld sparen. Durch den Laden kamen auch die Familien zu etwas Geld, die sonst keine Möglichkeit hatten, etwas hinzu zu verdienen. Das machte alle glücklich und zufrieden.

Wir feierten unsere Feste wie jedes Jahr und in diesem Jahr gab es noch zwei Taufen, die natürlich mit dem gesamten Dorf gefeiert wurden; doch das größte Fest war immer, das Fest der Madonna. Es war so schön, wenn die geschmückten Boote auf dem Meer fuhren und im ersten Boot stand die Madonna. Später wurde sie von Männern durch das Dorf getragen. Drei Tage dauerte das Fest. Zu diesen Festtagen kamen auch die Bewohner der Bergregionen hinunter zu uns ins Dorf um mit uns zu feiern.

Aber es gab auch eine Beerdigung. Die alte Teresa war gestorben. Sie war nicht krank; ihr Herz hatte einfach aufgehört zu schlagen. Als ihre Tochter sie morgens wecken wollte, fand sie ihre Mutter tot im Bett. Sie lag da, als würde sie schlafen. Wir waren alle sehr traurig, denn jeder kannte sie und hatte sie geliebt.

Doch, das Leben geht weiter.

Ein Jahr war schon wieder vergangen und wir hatten das letzte Schuljahr vor dem Abitur vor uns.

Ich spürte immer mehr meine innere Anspannung. Was war, wenn ich es nicht schaffte? Ich verstand meine eigenen Gedanken nicht, da ich doch bisher immer gute Noten geschrieben hatte. Aber ich war nervös. Das es etwas mit dem neuen Lehrer zu tun haben könnte, auf den Gedanken kam ich nicht.

Etwas summte an meinem Ohr und ich öffnete die Augen. Eine Biene war zum Fenster herein geflogen und versuchte auf mir zu landen. Ich wollte sie verjagen, aber sie flog mich immer an. Ich habe ja nichts gegen Bienen wenn sie auf den Blüten hocken, aber so dicht bei mir wollte ich sie nicht haben. Mir blieb keine andere Wahl, als die Küche zu verlassen und zu hoffen, dass sie dann von allein den Weg nach draußen wieder findet. Ich wartete einen Moment und ging dann wieder zurück in die Küche. Sie war weg. Ein Glück, ich schaute schnell, wie spät es war und stellte fest, dass es Zeit war, den Auflauf in den Ofen zu schieben. Die Sauce für die Pasta, die ich vorbereitet hatte, setzte ich bei kleiner Flamme auf den Herd. Ich wusch das Obst ab und stellte anschließend die Schale mit den Früchten auf den Tisch im Esszimmer. Soweit war alles gemacht und ich kochte mir noch einen Espresso um die Müdigkeit aus mir zu kriegen; die Gedanken an die

Vergangenheit hatten mich schläfrig werden lassen und ohne die Biene, die mich aus meinen Gedanken gesummt hatte, wäre ich wohl noch auf dem Stuhl eingeschlafen. Ich goss mir von dem fertigen Espresso ein und trank mit kleinen Schlucken; heiß war er und fast hätte ich mir die Lippen daran verbrannt. Ich steckte mir einen Keks in den Mund und so langsam kam wieder Schwung in meine Glieder. Bald würden auch mein Mann und mein Sohn nach Hause kommen und wir konnten zu Abend essen.

Eine knappe halbe Stunde später waren mein Mann und mein Sohn zu Hause. Sie wuschen sich noch die Hände und setzten sich an den Tisch. Ich reichte ihnen die vollen Teller und wir konnten mit dem Essen beginnen. Beide sagten nicht viel, denn sie hatten einen anstrengenden Tag hinter sich. Nach dem Essen servierte ich uns noch einen Espresso und meine Männer waren aufgetaut und berichteten von ihrem Tag. Auch ich erzählte ihnen von der Begegnung mit Francesca und, dass ich sie und ihre Familie zum Sonntag eingeladen habe. Beide freuten sich, zumal wir uns jetzt auch schon eine Weile nicht getroffen hatten.

Wir verbrachten den Abend wie immer; mein Sohn las und mein Mann und ich hatten uns in die Küche verzogen um uns zu unterhalten. Er hatte immer viel Neues zu erzählen, da mit seinen Schülern jeden Tag etwas los war. Er war Lehrer am hiesigen Gymnasium und die Arbeit machte ihm viel Freude. Er war beliebt bei seinen Schülern, zumal er immer ein offenes Ohr für jeden hatte. Aber, die

Arbeit war nicht immer leicht für ihn; war er doch in die Jahre gekommen und er stand jetzt kurz vor seiner Pensionierung. Drei Jahre waren es noch bis dahin und einerseits freute er sich auf den Tag, aber andererseits würde er wohl den Trubel vermissen. Er hatte immer als Lehrer gearbeitet und freute sich mit jedem, der seinen Weg geschafft hatte.

Spät war es und wir gingen schlafen.

Ich konnte nicht einschlafen, denn die Erinnerungen an meine Vergangenheit beschäftigten mich noch immer.

Ich schloss die Augen und knüpfte da an, wo ich aufgehört hatte mich zu erinnern.

Ich war im letzten Schuljahr und die Zeit raste. Bisher hatte ich alles gut gemeistert und die Lehrer und meine

Eltern waren hocherfreut darüber. Ich würde mein Abitur schaffen, doch meine Nervosität stieg von Tag zu Tag. Hieß es nicht auch, wenn ich die Prüfung bestanden habe, dass ich fort von zu Hause gehen musste um zu studieren?

Der Gedanke gefiel mir überhaupt nicht, denn ich war rundum glücklich hier in meinem kleinen Dorf.

Leben ohne meine Eltern, meine Freunde, der Gemeinschaft, das konnte ich mir nicht vorstellen.

Doch, was sollte ich hier im Dorf mit dem Abitur anfangen?

Ich müsste in die Großstadt ziehen um zu studieren oder einen Beruf zu lernen.

Die Gefühle von damals kamen in mir hoch und ich spürte wieder dieses kribbeln im Bauch. Alles fühlte sich so an, als wäre es erst gestern gewesen.

Ich hörte wieder die Stimme meiner Mutter, die zu mir sagte, dass alles gut ausgehen wird und ich mir nicht so viele Gedanken machen sollte. Ihre Worte konnten mich aber nicht völlig überzeugen. War doch auch Lara schon in die Großstadt gezogen um dort zu studieren. Sie hatte dort Verwandte bei denen sie wohnte. Aber kommen konnte sie nur noch in den Ferien. So sahen wir uns in diesem Jahr noch nicht; ich vermisste sie.

Heute war mein großer Tag!

Ich hatte das Abitur bestanden und es fand in der Schule eine Abschussfeier statt, bei der uns das Abiturzeugnis feierlich überreicht wurde. Alle Eltern und Verwandte waren mit dabei um das zu erleben. In diesem Moment war ich überglücklich und alle Anwesenden auch. Nach der Übergabe der Zeugnisse fand ein großes Fest statt, zu dem alle ihren Teil dazu beigetragen hatten.

Das erste Kapitel meines Lebens hatte ich gemeistert und ich war stolz auf mich.

Was wäre aus mir geworden, wenn sie mich damals, als ich gefunden wurde, in ein Kinderheim gebracht hätten?

Daran mochte ich gar nicht denken.

Wieder überkam mich ein grenzenloses Gefühl der Liebe für meine Eltern. Ich musste sie sehen. Morgen werde ich mit meinem Mann darüber sprechen und ihn fragen, ob er einverstanden ist, dass ich zu ihnen fahre, dachte ich bei mir.

Doch, zurück zu jener allzu fernen Zeit. Es wurde gefeiert bis in die frühen Morgenstunden. Obwohl meine Eltern am nächsten Tag arbeiten mussten, blieben sie die ganze Zeit auf dem Fest. Sie strahlten voller stolz und mein Vater sagte zu mir leise, dass sie sich keine bessere Tochter hätten wünschen können; ich wäre für sie ein Geschenk des Himmels. Er hatte Tränen in den Augen, aber sie galten nicht mir. Ich wusste, dass er in diesem Moment an sein verlorenes Kind dachte, dass so früh gehen musste. Ich verstand ihn nur zu gut und nahm in meine Arme.

Ich hatte bis weit nach Mittag geschlafen und ging erst einmal in die Küche und kochte mir einen Espresso zum wach werden.
Es fühlte sich komisch an, nicht zur Schule zu müssen; aber irgendwie auch gut. Ich genoss meinen Espresso und schaute träumend aus dem Fenster.

Nach einer guten Stunde machte ich mich fertig, denn ich wollte zu meinen Eltern in den Laden gehen und ihnen helfen.

Kaum war ich an der Landstraße angekommen, sah ich meinen Vater und den neuen Lehrer in ein ernsthaftes Gespräch verwickelt. Ich konnte es an ihren Mienen erkennen. Was hatten sie zu besprechen? Ich ging auf sie zu und gesellte mich zu ihnen. Sofort verstummte das Gespräch und beide waren etwas verlegen. Ich begrüßte meinen Lehrer und er gratulierte mir noch einmal zu dem guten Abschluss. Dann verabschiedete er sich schnell. Ich wollte von meinem Vater wissen, worüber sie gesprochen hatten, aber er sagte nur, dass er es mir am Abend zu Hause sagen würde. So ging ich zu meiner Mutter und half ihr. Sie freute sich, dass ich gekommen war und konnte eine kleine Pause gut gebrauchen; sie sah müde aus und ich sagte ihr, dass sie ruhig nach Hause gehen kann und sich etwas hinlegen. Dankbar nahm sie mein Angebot an und machte sich auf den Weg.

Mein Vater und ich schafften die Arbeit mühelos. Ich hatte ja schon so oft geholfen und kannte mich aus. Auch die Fernfahrer kannten mich alle und lachten und scherzten mit mir. Es war bereits stockfinster als ich mich mit meinem Vater auf den Heimweg machte.

Meine Mutter hatte Spaghetti gekocht und wir aßen gemeinsam in der Küche. Mein Vater war auch sehr müde und wollte nach dem Essen gleich ins Bett gehen.

,,Lass' uns morgen früh reden, sagte er

zu mir, heute bin ich zu müde dazu",
und verschwand im Schlafzimmer.
Meine Mutter folgte ihm und ich ging
auch in mein Zimmer.

Später als sonst, wachten wir am
nächsten Morgen auf. Aber es war kein
Grund zur Eile, denn heute würden die
Fernfahrer erst zur Mittagszeit vorbei
kommen.

So konnten wir in Ruhe frühstücken
und dann begann mein Vater zu
erzählen, warum mein Lehrer zu ihm
gekommen war und worüber sie beide
geredet haben.

Meine Mutter wusste es ja schon, aber
mir verschlug es den Atem. Mein
ehemaliger Lehrer hatte bei meinen
Eltern angefragt, ob er um mich
werben darf, da er sich vom ersten
Tag an in mich verliebt hatte. Ich hatte
davon nie etwas bemerkt oder geahnt.

Er hatte sich mir gegenüber immer tadellos verhalten; nicht anders, als den anderen Schülern gegenüber. Das zeugte von seiner Anständigkeit.

Ich dachte über die Worte meines Vaters nach und musste mir eingestehen, dass auch er mir von Anfang an gut gefallen hat, nur, in diese Richtung hatte ich nie gedacht. Sicher, er war um einiges älter als ich, aber das spielte keine Rolle. Ich würde es mir überlegen, sagte ich zu meinen Eltern, da gibt es noch so vieles woran ich denken musste.

Mein Studium, meine Zukunft....

War da schon Platz für einen Mann?
Er war 15 Jahre älter als ich und vielleicht wollte er schnell eine Familie gründen? Aber, was wird dann aus meinen Plänen?

Ich wusste es nicht und sprach darüber mit meinen Eltern. Sie hörten mir aufmerksam zu und stellten fest, dass das genau auch ihre Bedenken waren. Über diese Punkte wollte mein Vater, bei nächster Gelegenheit, mit ihm sprechen. Die Gelegenheit fand sich nach dem Gottesdienst am Sonntag. Meine Eltern baten ihn zum Essen zu uns nach Hause zu kommen.

Ich war irgendwie verlegen, als mein ehemaliger Lehrer bei uns am Tisch saß. Doch er sorgte schnell für eine unbekümmerte Stimmung mit seiner leichten Art.

Meine Mutter brachte nach dem Essen einen Espresso für alle und mein Vater begann zu reden. Er hörte aufmerksam zu und unterbrach meinen Vater nicht. Als mein Vater geendet hatte, sagte er, dass er über alle diese Dinge bereits nachgedacht hatte. Natürlich sollte ich ein Studium oder eine Ausbildung machen, denn wozu hätte sonst Abitur gemacht. Er würde mich in allem, was ich möchte, unterstützen und mir zur Seite stehen. An Kinder hatte er noch nicht gedacht und das würde auch noch Zeit haben. Wenn ich es eines Tages wollte, dann wäre er dazu bereit. Außerdem wäre ich jetzt auch noch zu jung, um mit Kindern in der Küche zu stehen; die Zeiten sind vorbei. Eine Frau sollte dieselben Chancen haben, wie ein Mann. Meine Eltern staunten nicht schlecht über seine Worte, aber sie waren einverstanden mit dem, was er gesagt hatte.

Nun lag es an mir, ob ich ihm erlauben würde, um mich zu werben.

Ich wollte ihm eine Chance geben und sagte es ihm.

Wir verabredeten uns für den nächsten Samstag, um einen Spaziergang am Strand zu machen.

Natürlich kam mein Vater mit, aber er hielt Abstand, sodass wir beide ungestört miteinander reden konnten. Da ich keine Brüder oder Cousins hier Vorort hatte, musste mein Vater unser Aufpasser sein. So bestimmten es die Regeln hier im Dorf.

Zu leicht hätte es irgendein Gerede geben können und die Ehre der Familie wäre dahin. Das wollte niemand und auch Paolo, so heißt mein ehemaliger Lehrer, akzeptierte es. Kamen doch seine Vorfahren auch aus einem kleinen Dorf und waren erst später in die Großstadt gezogen, wo alles etwas lockerer war. Aber auch dort galt und gilt bis Heute, dass die Unschuld eines Mädchens bewahrt bleiben muss bis zur

Hochzeit. Ansonsten konnte es sehr übel ausgehen; was natürlich niemand wollte.

Paolo und ich machten einen langen Spaziergang am Strand und wir hatten Gelegenheit, uns über einiges auszutauschen. Eigentlich gingen unsere Meinungen über die Zukunft nicht auseinander und ich fand es sehr gut, dass er darauf bestand, dass ich eine Ausbildung machen müsste. Wir wollten uns wieder treffen um uns noch besser kennenzulernen. Meine Eltern waren einverstanden mit meinem Vorhaben. Man konnte sich nicht gut genug über alles austauschen um später einmal keine Enttäuschung zu erleben.

Wir hatten uns jetzt fast ein Jahr regelmäßig getroffen und kamen uns immer näher. Seine Art hatte mir ja schon an seinem ersten Schultag in meiner damaligen Klasse gefallen. Er war sehr humorvoll und aufmerksam. Oft kam er zum Essen zu uns oder wir machten alle gemeinsam einen Ausflug. Sogar zu den Festen war er an meiner Seite. Im Dorf hatten sich einige gewundert, dass der Lehrer und die ehemalige Schülerin jetzt zusammen gesehen wurden, aber der Tratsch legte sich schnell.

Ohne, dass wir uns offiziell verlobten, teilte mein Vater an einem Sonntag den Besuchern des Gottesdienstes mit, dass in zwei Wochen die Hochzeit seiner Tochter Carolina mit Paolo stattfinden sollte. Alle waren herzlich dazu eingeladen.

Denn wie unsere Zukunft aussehen sollte, stand nun fest. Wir wollten in die Großstadt ziehen aus der Paolo kam. Wir konnten bei seiner Familie wohnen und er würde wieder an seinem alten Gymnasium unterrichten, während ich die Universität besuchte.

Ich hatte mich entschlossen Jura zu studieren. Ein guter Anwalt in der Familie war nie verkehrt und ich mochte es, Menschen zu helfen. Als Anwältin konnte ich das auf einer anderen Ebene machen.

Meinen Eltern und Paolo gefiel mein Vorhaben, doch sie bestanden darauf, dass wir, bevor wir in die Stadt zogen, heirateten. Es fiel ihnen schwer genug mich ziehen zu lassen, obwohl sie wussten, dass ein Studium das mit sich brachte, aber unverheiratet mit Paolo weggehen, das kam nicht infrage. Sie waren aufgeschlossene Menschen, aber Sitten und Gebräuche mussten auch bei ihnen befolgt werden. Natürlich wollten Paolo und ich das auch und so waren wir beide mit dem frühen Termin einverstanden und freuten uns auf unsere Hochzeit. Das Beste war, dass meine Freundin Lara zu diesem Termin Ferien hatte und kommen konnte. Nur noch zwei Wochen bis zur Hochzeit. Die Schneiderin musste sich mit meinem Hochzeitskleid beeilen und ich musste immer wieder zur Anprobe bei ihr erscheinen. Es war ein Traum aus Weiß; mit Spitzen und einem langen Schleier. Meine Mutter weinte jedes mal, wenn sie mit zur Anprobe kam. Du bist so wunderschön in dem Kleid sagte sie immer wieder zu mir und ich freute mich über ihre Worte. Ich hatte mein Bild vor Augen und sah mich selber als Braut. Meine langen dunklen Locken, die fast bis zur Taille reichten, waren ein schöner Kontrast auf dem weißen Kleid. Meine Haut war von der Sonne gebräunt und ich sah wahrhaftig aus wie eine Prinzessin, als mir die Schneiderin auch noch den Kranz mit dem Schleier ansteckte. Da kamen auch mir die Tränen.

Ich war gespannt, welchen Anzug sich Paolo für den Tag unserer Hochzeit schneidern ließ. Sicherlich würde er ganz toll darin aussehen.

Wir feierten die schönste Hochzeit die das Dorf jemals erlebt hat; eine Feier, die niemand mehr in seinem Leben vergessen würde.

Noch in derselben Nacht, während die anderen noch feierten, fuhren wir mit dem Auto in die Großstadt. Unsere Hochzeitsnacht würden wir im Haus von Paolos Familie verbringen.

Der Abschied von meinen Eltern war sehr tränenreich und schmerzlich, aber es war das Beste dass wir gingen, während die Feier noch im Gange war und meine Eltern nicht gleich ganz alleine waren. So waren sie abgelenkt, weil sie sich ja um die Gäste kümmern mussten. Sie konnten sich ein wenig fangen bevor sie nach Hause gingen.
Zum ersten Mal ohne ihre Tochter.

Alles ging seinen Gang. Paolo und ich waren glücklich. Schnell gewöhnte ich mich an das Leben in der Großstadt und fand an der Universität viele Freunde. Die Kollegen von Paolo freuten sich, dass er wieder da war und mit seiner Familie kam ich gut aus. Doch am allermeisten freute ich mich, dass ich den Führerschein machen konnte und Paolo mir ein kleines Auto geschenkt hatte. Gut, es war gebraucht, aber so konnte ich, wann immer es mir möglich war, zu meinen Eltern fahren und sie besuchen. Denn noch immer fuhr kein Bus zu unserem Dorf geschweige denn, dass es dort eine Zugstation gab. Die Fahrt dauerte knapp 2 Stunden und ich blieb jedes mal ein paar Tage bei meinen Eltern. Sie freuten sich immer sehr, wenn ich kam und verwöhnten mich. Sie erkundigten sich nach meinem Studium und, wie ich voran kam und wollten alles wissen. Besonders freuten sie sich darüber, dass ich mit Paolo so glücklich war.

Es kam der Tag, an dem ich mein Jura-Studium erfolgreich abschloss. Wir hatten meine Eltern zu uns geholt, denn ich wollte sie unbedingt dabei haben. Ohne sie wäre ich wäre ich an diesem Tag nicht glücklich gewesen; ich verdankte ihnen alles was ich bin und, was aus mir geworden ist.

Mein Herz schmerzte bei dem Gedanken an damals und ich wälzte mich im Bett unruhig hin und her.

Denn, ich musste meinen Eltern etwas sagen, etwas, von dem mein Mann und ich bis vor wenigen Tagen auch noch nichts wussten. Ich wusste, es würde sie traurig machen und auch ich war traurig darüber.

Paolo hatte die Chance bekommen, an einem Gymnasium in der Fremde zu unterrichten.

Er sollte für 3 Jahre dort hingehen, so stand es im Vertrag.

Nachdem er mit mir ausführlich darüber gesprochen hatte und ich einverstanden war, unterschrieb er den Vertrag.

Was keiner von uns damals ahnte war, dass aus den 3 Jahren fast 30 Jahre werden sollten.

Hätten wir uns dann damals auch dafür entschieden in die Fremde zu gehen, wenn wir das gewusst hätten? Ich glaube nicht........

Mein Mann spürte meine Unruhe und nahm mich in den Arm. Der Schlaf holte mich ein und ich schlief tief und fest in seinen Armen.

Am nächsten Morgen teilte ich meiner Familie mit, dass ich nach Hause fahren wollte und zwar schon in den nächsten Tagen. Sie waren alle damit einverstanden; hatten sie doch bereits bemerkt, dass ich Heimweh hatte und unglücklich war. Mein Mann kümmerte sich um meine Fahrkarte.

Es war ein herrlicher Sommertag als ich in meinem Dorf ankam. Es war eine lange Reise und ich war völlig erschöpft, aber glücklich.

Zu Hause......

Meine Eltern freuten sich sehr, als ich zur Tür herein kam. Sie umarmten und küssten mich; sie wollten mich gar nicht mehr loslassen.

Wir weinten alle Drei.....

Ich hatte die richtige Entscheidung getroffen.

Denn, einen weiteren, gemeinsamen Sommer gab es für uns nicht mehr.